쓰디쓴
오늘에,
휘핑크림

쓰디쓴 오늘에, 휘핑크림

김토끼 지음

자화상

Prologue

누군가,

'당신'이라는 책을 읽다가
너무 좋아서 나중에 다시 읽어보려고 접어놓은
책 모서리에 내 이름이 있었으면,

가장 기억에 남는 페이지의 모서리를 접어놓듯
없어서는 안 될 어느 한 구절에
내 이름이 함께 접혀 있었으면,

좋겠다.

|차례|

2

밤 편지

3

나도 누군가에게 그리운 사람일까

4

마지막 인사로 뭐가 좋을지

5

인생에서 가장 중요한 것은

6

쓰디쓴 오늘에, 휘핑크림

1

이건
사랑일까

문득

꽃 피는 계절을 함께하고 싶고
비 오는 날 우산을 같이 쓰고 싶고
좋아하는 가수의 노래를 함께 듣고 싶고
따뜻한 커피 한 잔을 나눠 마시고 싶고

너의 모든 순간에
내가 함께하고 싶다면

이건, 사랑일까.

이상형

목소리가 예쁜 사람보다는
말을 예쁘게 하는 사람이 좋고
손이 따뜻한 사람보다는
눈빛이 따뜻한 사람이 좋다.

비싼 향수를 쓰는 사람보다는
자신만의 향기를 간직한 사람이 좋고
기념일을 잘 챙겨주는 사람보다는
사소한 걸 잊지 않고 기억해주는 사람이 좋다.

행복하기 위해 나를 만나는 사람보다는
나를 만나 행복해하는 사람이 좋고
꿈꿔온 이상형과는 다르지만
있는 그대로의 당신이 참 좋다.

고백

집으로 가는 길에는 두 개의 갈림길이 있는데
나는 늘 오른쪽 길로만 다니곤 했어요.
어느 길로 가도 우리 집으로 갈 수 있지만
오른쪽이 조금 더 빠른 길이었거든요.

당신이 나를 바래다준다고 했을 때
내가 왼쪽 길로 가자고 했던 건 바로 그래서예요.
당신과 더 오랜 시간을 함께 걷고 싶었으니까.

기억하나요?
원래 나는 말이 많은 편이 아닌데,
그날 당신과 걸으면서 엄청나게 많은 말을 했어요.

어떤 계절을 좋아하는지,
주로 어떤 장르의 영화를 즐겨 보는지,
고양이를 좋아하는지 강아지를 좋아하는지,
조금의 틈이라도 생기면 당신이 지루해할까 봐
끊임없이 당신에게 질문을 했어요.

지금에서야 고백하는데
사실 나는 그날,

당신이 따뜻한 계절을 좋아한다고 했는지
시원한 계절을 좋아한다고 했는지,
액션 영화를 좋아한다고 했는지
로맨스 영화를 좋아한다고 했는지,
고양이를 좋아한다고 했는지
강아지를 좋아한다고 했는지,
잘 기억나지 않아요.

나는 그저 당신이
따뜻한 계절을 좋아한다고 했으면

나도 따뜻한 계절을 좋아한다고,
로맨스 영화를 좋아한다고 했으면
나도 로맨스 영화를 좋아한다고,
고양이를 좋아한다고 했으면
나도 고양이를 좋아한다고,
그렇게 대답했을 거라고 어렴풋이 짐작만 할 뿐.

그래서 그날,
우리 집 앞에서 당신이 나를 좋아한다고 고백했을 때도
아마 나는 그렇게 대답했을 거예요.

나도, 라고.

예감

왜, 그런 거 있잖아요.
왠지 기분 좋은 예감이 드는 거.
흔한 배려에 가슴이 설레고
별거 아닌 말인데 따뜻함이 느껴지는 거.

왜, 그런 거 있잖아요.
이 사람이 아니면 안될 거 같은,

그런 예감.

확신

하루 종일 생각나고
안 보이면 보고 싶고
별일 아닌 이야기가 하고 싶고
목소리가 듣고 싶고
기분이 좋아지고.

아, 이게 바로 사랑인가 봐요.

아무래도 나,
사랑이 시작된 것 같아요.

당신이 좋다

내 한숨이 닿지 않는 곳에서도 내 마음 알아주던 사람
주저앉고 싶은 날 미소 번지게 해준 사람
차가운 내 손 몇 번이고 잡아주던 사람
당연하게 생각해온 것들의 소중함을 알게 해준 사람

걱정 말아요

내가 옆에 있어줄게.

힘들고 지친 날
한쪽 어깨를 빌려줄 수 있도록.

주저앉고 싶은 날
손잡아줄 수 있도록.

마음이 아프고 외로운 날
따뜻하게 안아줄 수 있도록.

내가 너의 힘이 되어줄게.

그런 사람

그런 사람이 있었으면 좋겠다.

아무 말 없이 함께 있어도
어색하지 않고 마음이 편안해지는 사람.
바라보는 것만으로 위로가 되고
곁에 있는 것만으로 미소가 번지는 사람.

내게 그런 사람이 당신이었으면 좋겠다.

그리고 나도 당신에게
그런 따뜻한 사람이 되어주고 싶다.

"좋은 아침!"

출근길 버스 안에서
핸드폰을 꺼내
무슨 노래를 들을까 한참을 고민하다가
가장 좋아하는 노래를 듣기로 했어요.

당신 목소리.

명대사

따사로운 햇살 가득한 어느 오후에
책을 보다 문득
평생 가슴에 간직하고 싶은
글귀 하나를 발견했어요.

「있는 그대로 참 예쁜 당신」

애매한 사이

아마 겨울과 봄 사이였을 거예요.
춥지도 따뜻하지도 않은, 날씨마저도 애매한 그런 날.

당신과 나는 공원 산책로를 따라 걸으면서
서로가 좋아하는 가수의 노래에 대해
한참을 이야기했어요.

꽤 오랜 시간을 걸었는데도
어쩐지 다리가 아프지도, 발이 저리지도 않았어요.

사실 나는 알고 있었어요.
당신이 내 걸음에 맞춰 천천히 걸어주고 있다는 걸.

그 자상한 걸음걸이가 좋아서 내 마음은
자꾸만 당신에게로 가려고 했는지도 모르겠어요.

그런데 혹시 당신은 알고 있었나요.

좋아하는 가수가 누구냐는 당신의 질문에 나는,
내가 좋아하는 가수의 이름이 아닌
당신이 좋아할 것 같은 가수의 이름을 말하고 싶었다는 걸.

좋아하는 노래가 뭐냐는 질문에는
왠지 사랑스러운 제목의 노래를 말하고 싶었다는 걸.

아마 그때부터였는지도 모르겠어요.

친구지만 친구가 아닌,
애매한 우리 사이에 뭔가가 생기기 시작했다는 걸.

우리가 처음 손을 잡았던 그날부터.

소중한
사람에게

우리, 서로의 가장 가까운 곳에 머무르며
받는 사랑에 감사하고 주는 사랑에 기뻐할 줄 아는
그런 사람이 되기로 하자.

우리, 서로를 이기려고 하기보다
서로의 관점에서 서로를 더 많이 이해하고 배려할 줄 아는
그런 연인이 되기로 하자.

우리, 시간이 지날수록 소홀함이 아닌 소중함이 더 깊어지는
서로의 존재만으로 늘 의지가 되고 행복이 되는
그런 사랑을 하기로 하자.

마침표 없이

'당신'이라는 문제의 답은
주관식 서술형이었으면 좋겠다.

천천히,
되도록 아주 오래 써 내려가고 싶다.

당신을.

정답

가장 아름다운 계절은
지금 이 계절.

가장 중요한 순간은
지금 이 순간.

가장 소중한 사람은
지금 내 앞에 있는 당신.

사랑에 빠진 순간

그거 알아요?
당신은 웃는 모습이 참 예쁘다는 거.

오른쪽 눈보다 왼쪽 눈이 살짝 더 커서
웃을 때 왼쪽 눈이 더 예쁘게 휘어진다는 거.

얼마 전 잘못 자른 앞머리 때문에
당신은 속상하다 했지만
웃을 때마다 찰랑거리는 그 앞머리가
너무나 사랑스럽다는 거.

당신이 나를 향해 환하게 웃어줄 때면
나는, 나도 모르게 가슴이 철렁한다는 거.

혹시 그거 알아요?
이런 내 마음을 어떻게 표현해야 할지 모르겠는데

당신을 좋아해.

2

밤 편지

너의 계절에

아름다운 풍경이 펼쳐지기를
기분 좋은 소식이 들려오기를
사랑하는 사람이 함께하기를
행복이 조금 더 오래 머무르기를.

기억해요

다른 사람을 위해 자신을 희생하지 말고
너무 많은 것을 양보하지 말고
모든 것을 다 이해하려 하지 말고

나는 당신이,
다른 누군가를 먼저 안아줘야 하는 사람이 아니라
당신 스스로를 먼저 따뜻하게 안아줄 수 있는
사람이었으면 좋겠어요.

어떤 순간이 오더라도 잊지 말아요.

당신이 제일 소중해.

오늘의 일기

햇볕이 따스한 오후.

평일 이른 시간이라 거리에는 사람이 별로 없다.
이어폰을 끼고 좋아하는 노래를 재생해본다.
잔잔하고 조용한 멜로디가 오늘 날씨와 잘 어울린다.

집 앞 산책로를 따라 조금 걷다가
단골 카페에 들러 바닐라라테 한 잔을 주문한다.

햇볕이 잘 드는 창가에 자리를 잡고
오늘 낮 서점에서 산 시집을 꺼내 읽는다.
마음에 드는 시구 아래에 밑줄을 긋고 조용히 읊조려 본다.

책을 반 정도 읽었을 때쯤 커피를 한 모금 마시면
달달한 바닐라향이 입안에 퍼지면서
온몸이 따뜻해지는 듯하다.

그렇게 책 한 권을 다 읽고 나서야 나는 카페를 나온다.

하늘은 맑고 바람은 선선하고
금방이라도 봄이 올 것만 같은 날이다.
길게 늘어진 그림자를 따라 걷다가 나는 문득 생각해본다.

그림자에도 표정이 있을까.

만약 그렇다면
지금 이 그림자를 따라 진한 밑줄을 그어놓고
그 아래 '행복'이라고 주석을 달아놓아도 좋을 것 같은데.

당신만 모르는 것

당신의 문제는
모두에게 좋은 사람이 되고 싶어 한다는 것이고,

당신의 또 다른 문제는
그 과정에서 당신 스스로 너무나
큰 스트레스를 받고 있다는 것이다.

그런 당신의 가장 큰 문제는
당신이 얼마나 좋은 사람인지
당신 자신이 모르고 있다는 데 있다.

시간이 필요해

머리를 짧게 잘랐어요.
어깨에 닿을 정도로 잘라 달라고 했는데
자르고 보니 귀를 간신히 덮을 정도의 길이였어요.

짧게 자른 머리가 적응 안 되어
거울을 볼 때나 유리에 내 모습이 비칠 때면
어색함에 쓰고 있던 모자를 더 푹 눌러쓰곤 했어요.

이렇게 갑자기 변해버린 머리에도 적응하는 시간이 필요한데
사람은 얼마만큼의 시간이 필요할까요?

올겨울에는 눈이 오지 않을 거라고,
다가오는 봄에는 꽃이 피지 않을 거라고,
누군가 그렇게 예고라도 해준다면
놀라지 않도록 미리 마음의 준비라도 할 수 있을 텐데.

준비 없는 마음에 갑자기 비가 내리고 바람이 불면,
나는 피할 수도, 막을 수도 없이,
그 모든 것을 그대로 맞을 수밖에 없잖아요.

비는 언제쯤 그치는지,
바람은 언제쯤 멈추는지,
눈이 내리려면 얼마를 더 기다려야 하는지,
꽃을 피우려면 얼마간의 시간이 더 흘러야 하는지,
아무도 알려주지 않으니까.

그래서 지금 나에게는
얼마간의 시간이 더 필요한 건지도 모르겠어요.

비에 젖은 마음이 마를 때까지
바람에 스친 상처들이 아물 때까지.

27
1725

마음이
닫히는 이유

마음을 안 여는 게 아니라
마음을 못 여는 거겠지요.

마음을 열수록
가슴에 멍 자국만 더 늘어갈까 봐.

상처가 많은 사람

상처가 많은 사람은
누군가에게 먼저 다가가는 게 힘들어.
용기가 없어서가 아니라
겁이 나는 거지.

또다시 상처받게 될까 봐.
또다시 누군가를 잃게 될까 봐.

닫힌 문 앞을
서성이고 있는 당신에게

문이 잠겨 있는 것 같나요.
노크 소리를 듣지 못하는 것 같나요.

다시 생각해봐요.
그 문이, 열릴 문이었다면 그렇게 기다리지 않아도
누군가는 문을 열고 나와주었겠지요.

우리 마음도 그래요.
아무리 노력해도 열리지 않는 마음이라면
당신이 기다리고 있다는 걸 알지 못해서가 아니라
열어줄 마음이 없기 때문이에요.

나는,
당신이 닫힌 문 앞을 서성이기만 하는
그런 사랑을 하길 바라지 않아요.

문 앞에 서기도 전에
발걸음 소리만 듣고도 헐레벌떡 뛰어나와
'내가 너무 늦게 연 건 아니지?' 하고
반갑게 문 열어주는 그런 사람을 만났으면 좋겠어요.

당신만 좋아서 하는 사랑이 아닌
그 사람도 당신을 좋아해주는
그런 사랑을 했으면 좋겠어요.

그게 사랑이에요.

무너지지
말아요

마음이 정말 아프고 힘든 사람은
아프다는 말조차 하기가 힘들대요.

애써 버티고 있던 것들이
그 한마디로 모두 무너져버릴까 봐.

지금 당신 마음이 그래요.

요즘, 많이 힘들죠?

미련하게도

마음이 여린 사람은
인간관계에 절대 쿨해질 수 없다.

멀어지는 사람을 보면 다시 가까워지고 싶고
떠나가는 사람을 보면 다시 붙잡고 싶고
누군가에게 다시 다가가고 싶고
누군가와 다시 친해지고 싶고.

손빨래

세탁기에서 빨래를 꺼내다가
쪼글쪼글 작아져버린 옷을 발견했어요.

아차 싶었죠.
빨래를 돌리기 전에도 사실 좀 고민했거든요.

손빨래를 해야 할 것 같기도 하고,
세탁기에 돌려도 괜찮을 것 같기도 하고.

고민하다가
날씨도 춥고 귀찮기도 해서,
그냥 다른 옷들이랑 같이 세탁기에 돌려버린 거죠.

괜찮겠지, 하면서.

그런데 그게 아니었나 봐요.
옷이 이렇게 작아져버릴 거라곤 생각 못 했어요.

옷을 다 말린 후 다리미로 다려봤는데
쪼글쪼글 구겨진 부분은 펴져도
줄어든 크기는 되돌릴 수 없었어요.

잃고 나서야 알게 되네요.
귀찮아하면 소중한 걸 잃게 된다는 거.

상처가 생기는 이유

상처는,
이해받지 못하는 마음에서 생기는 것이 아니라
억지로 이해해야 하는 마음에서 생기는 것 같다.

나라면 그럴 수 없는 일들을
그 사람이기에 그럴 수도 있다고.
억지로 이해하고
억지로 참아야 할 때.

그 사람에게 이해받고 싶어서
그 사람을 이해하려고 노력했고

그 사람에게 상처받고 싶지 않아서
그 사람을 상처 주지 않으려고 노력했다.

그게 사랑인 줄 알았다.

그 모든 것이 쌓여서
내 상처가 되는 줄도 모르고.

명심해

말도 안 되는 핑계로
오늘 당신을 울린 그 사람은
내일 또 다른 핑계로
또다시 당신을 울릴 수도 있어요.

그 사람이 아무리 좋아도
당신을 버려 가면서까지 사랑하지는 마세요.

당신 혼자 좋아해서 매달려야 하는 사랑 말고
서로가 좋아서 어쩔 줄 모르는 그런 사랑을 하세요.

당신은 소중하니까.

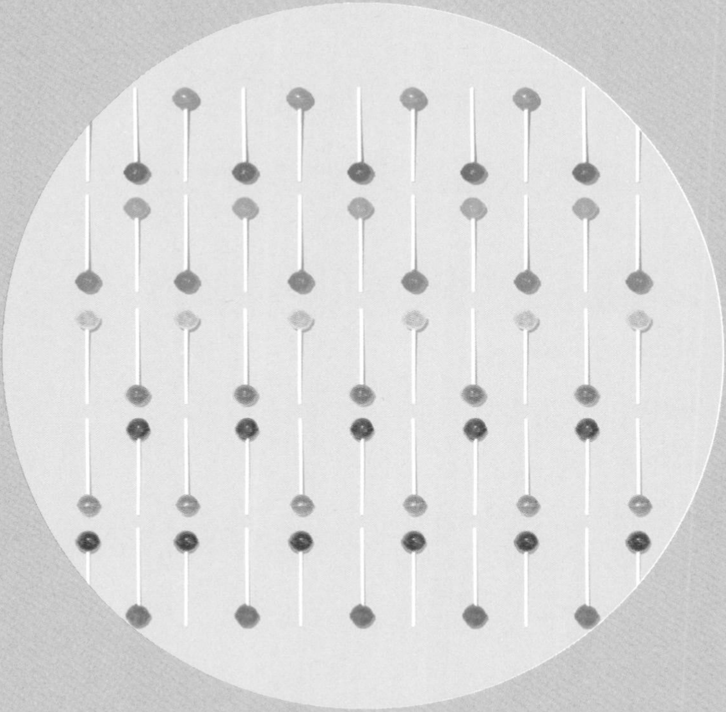

맞아요

당신은 사실
순하고 여린 사람인데
상처받지 않기 위해
애써 아닌 척
마음의 문을 닫아버린 채
살아가고 있는 것은 아닌지.

당신은 사실
따뜻한 사람이 아닌지.

감당하기 힘든 일

사실 나는 걱정도 많고 고민도 많은데
그 모든 일을 감당해야 하는 게
아직 너무 버거운데

씩씩한 사람인 척
긍정적인 사람인 척하는 건

진짜,
너무,
힘들어.

바라는 삶

때로는 좀 냉정해지고 싶다.

아니다 싶은 일엔 미련 없이 돌아서고
멈춰야 하는 순간이 오면 미련 없이 놓아버리고
그렇게 냉정히 살아가고 싶다.

어떤 것에도 매달리지 않고
어떤 것에도 미련을 두지 않는
그런 삶을 살고 싶다.

밤 편지

밤이 깊었는데 왜 아직 안 자고 있어요.
스치는 생각들이 당신을 놓아주지 않나요.
오늘도 당신의 밤은 그렇게 고단한가요.

편하지만은 않은 하루였겠죠.
알아요. 늘 웃고 있어도 마음으로 이미 울고 있다는 걸.
지금 이 순간에도 남모르는 고민과 걱정으로 힘들어하고 있다는 걸.
내색할 수 없을 뿐 이미 아파하고 있다는 걸.

지금 걱정하는 모든 것들 다 괜찮을 거예요.

아무 일도 없을 거예요.

그러니까 이제 그만 힘들어하고
오늘 밤은 아무 생각하지 말고

푹 자요.

잊지 말아야 할 것

심리학 수업 시간에 있었던 일이다.
한 친구가 말했다.

"교수님, 이 세상 모든 사람이 저를 싫어하는 것 같아요.
저는 이제 어떡하죠?"

친구는,
전날 남자친구에게 일방적인 이별 통보를 받고
실의에 빠져 있는 상태였다.

친구의 말을 가만히 듣고 있던 교수님은 이렇게 말씀하셨다.

"학생을 싫어하는 사람이 누구인가요?
지금 생각나는 사람들을 공책에 한번 써보세요."

친구는 자기를 싫어하는 사람들의 이름을 공책에 썼다.

"그렇다면 학생을 좋아하는 사람은 누구인가요?
그 옆에 학생을 좋아하는 사람들의 이름도 한번 써보세요."

친구는 자기를 좋아하는 사람들의 이름을 썼다.

얼마 후, 교수님이 말했다.

"다 썼으면 이제 그 둘을 비교해보세요.

세상에는 당신을 싫어하는 사람보다
당신을 좋아하는 사람이 더 많아요.

그 사실을 잊지 말아요."

마음이 여린 당신에게

흘러가는 시간에 연연하지 말고
사소한 걱정에 휩쓸리지 말고
잠시 스칠 인연에 상처받지 말고

당신이 머무는 곳에는
예쁘고 좋은 바람만 불기를.

모든 것에
지쳐버린 당신에게

자꾸 예상치 못한 일이 생기고
마음대로 되는 게 하나도 없고
잘하려고 할수록 꼬여만 가는 일상이
너무 답답하겠지만

주변에 좋은 사람이 머무는
당신은, 괜찮다.

흔들리는
너에게

너의 마음을
생각해주지 않는 사람 때문에
힘들어하지 말고
너를 힘들게 하지 않는
좋은 사람을 만나
벅찰 만큼 사랑받는
네가 되기를.

생각이 많은 너에게

너무 신경 쓰지 마세요.
너무 매달리지 마세요.
너무 불안해하지 마세요.

그게 무엇이든
다 지나갈 거예요.

3

나도 누군가에겐
그리운 사람일까

어느 날

어느 날 오겠지.

또 다른 사람이 오겠지.

근데, 그 사람이 오는 건 아니겠지.

당신은 알까

오랜만이라는 흔한 안부 인사에
혹시라도 우리 다시 만날 수 있는 걸까 기대하며
잠시나마 설렜던 것.

당신의 가벼운 농담에
마음 편히 웃을 수 없었던 것.

내가 그 오래된 추억들을 전부 기억하고 있다는 것.

지금도 당신을 기다리고 있다는 것.

그리고 이 모든 것이 무의미하다는 것.

사랑의 온도

따뜻한 계절을 좋아하는 사람도
한여름의 뙤약볕을 견디는 건 힘들다.

따뜻함을 좋아하는 것이지
뜨거움을 좋아하는 것이 아니기 때문이다.

따뜻한 당신은
그래서 나를 놓아버렸는지도 모르겠다.

내가 너무 뜨거워서.

당신과 나의 온도가 너무도 달라서.

봄

같이 걸어줄까요?

당신도 이 계절의 어딘가에서
홀로 걷고 있다면.

당신을 놓쳐버린 이유

당신의 손이 늘 따뜻했던 건
차가운 내 손을 잡아주기 위해서였다는 걸.

당신이 늘 왼쪽으로만 걸었던 건
내가 오른쪽으로 걷는 걸 좋아하기 때문이었다는 걸.

당신이 게임에서 늘 져주었던 건
아이처럼 즐거워하는 내 얼굴이 보고 싶어서였다는 걸.

너무 늦게 알아버렸다.

내가 당신을 놓칠 수밖에 없었던 이유를
이제야 알 것 같다.

나는 항상 모든 것을
너무 늦게 알아버린다.

이별 후

마음이 시간에게 물었다.
언제쯤이면 괜찮아지냐고.

시간이 말했다.

이제 막 시작이라고.
끝은 알 수 없다고.

다른 이별

너에게는
등 한번 돌려버리면 그만인 쉬운 이별이

누군가에게는
수많은 밤을 눈물로 지새워야 할
기나긴 기다림의 시작점이었다는 걸,

너는 알까.

이별보다 더 슬픈 이야기

몇 번의 이별을 경험하며
내가 정말 슬펐던 건,

누군가와의 헤어짐 때문이 아니라
그 과정에서 나 또한 누군가에게 쉽게
등 돌릴 수 있는 사람이 되어버렸다는 것.

사랑했던 사람과의 이별이
예전만큼 슬프지도 아프지도 않게 돼버린 것.

그렇게 점점 마음이 무뎌져버렸다는 것.

좋은 추억

지나고 나면
모두 좋은 추억이 될 거라고 하는데
도대체 얼마나 더 지나야 하는 걸까.

아직은 이 모든 게
너무 힘들고 아프기만 한 순간들인데.

먼 훗날

나도 누군가에겐 그리운 사람일까.
전할 수 없는 어느 날의 그런 안타까운 사람일까.
문득 떠올라 가슴 한편을 먹먹하게 울리는
그런 아쉬운 사람일까.

나는 당신에게 어떤 사람일까.

잘 지내나요?

아픈 데 없이 그저 잘 지내다가
결국 나를 잊지 못하고
다시 돌아왔으면 좋겠어요.

보고 싶어요.
무슨 말이 더 필요할까요.

굳이.

왈칵

미워해야 할 이유가 더 많은데
아직도 당신을 생각하면
입가에 슬며시 미소가 피어오른다.

항상 돌이킬 수 없는 지점에서 알아차리곤 한다.

당신은 이미 없는데
이제 와 깨닫는다 해도 어쩌지 못하는 상황에서.

아, 사랑이구나.

듣고 있나요

멀리, 아주 멀리 가버린 어느 날,

우연히 맞닥뜨린 추억에라도
우연히 지나치던 길목에서라도
혹시라도 그때가 그리운 날이 오거든
어떠한 순간에도 망설이지 않아도 된다는 걸
당신에게도 알려주고 싶다.

여기, 당신을 기다리는 누군가가 있다는 걸
내가, 아직 잊지 않았다는 걸

당신에게도

꼭, 말해주고 싶다.

너는 지금 어디에 있을까

지난 주말, 친구와 함께 〈라라랜드〉라는 영화를 봤어.

꿈이 있다는 공통점으로 만난 두 사람이 사랑을 하고,
꿈이 아닌 현실에 타협하고 서로 갈등하다
결국 헤어지는 그런 내용이었어.

결말이 너무 현실적이라 슬프다는 친구의 말에
그래도 결국엔 각자가 원하던 꿈을 이뤘으니
그걸로 된 거 아닐까 하고 대답하는데
그 순간 나는 왜 네 생각이 났을까.

꿈이 있다는 것만으로,
아무것도 가진 것 없이도
행복했던 시절이 나에게도 있었는데.
내 꿈을 나보다 더 믿어주고 응원해주던
그런 사람이 나에게도 있었는데.

인생에서 가장 찬란하게 빛나던 그 시절
나와 함께 꿈을 향해 달리던
그런 사람이 나에게도 있었는데.

너는 지금 어디에 있을까.
그리고 나는 지금 어디에 있는 걸까.

우리, 비록 이별했지만
결국엔 각자가 원하던 꿈을 이뤘으니
정말 그걸로 된 걸까.

영화 속 대사처럼,
그 시절의 나는
그냥 흘러가는 대로 살고 싶었는데.

아주 오래,
평생을 그렇게 너와 함께 흘러가고 싶었을 뿐이었는데.

어떤 마음

붙잡기엔 이미 너무 멀어져버렸고
보내주기엔 아직 아쉬운 게 많아요.

간직하기엔 버거운 기억인데
잊고 살아가기엔 우리 추억이 너무 소중해요.

당신의 마음을 이해하기엔
이해받지 못한 내 마음이 너무 아프고
이대로 체념하기엔 아직 당신이 너무 좋아요.

어떤 것도 할 수 없어요.
어떤 것도 하고 싶지 않아요.

스테디셀러

누가 그러더라.
헤어진 사람을 다시 만나는 건
결말을 아는 소설을 두 번 읽는 것과 같다고.

그런데 있잖아.
한 번쯤 다시 읽어보고 싶은 책이 있잖아.
결말을 알아도
읽을 때마다 해석이 달라지는 책이 있잖아.

그래서 나는 다시 시작해보고 싶어.

또 같은 일이 반복된다 하더라도.
또 같은 이유로 우리가 힘들어지게 된다 하더라도.

나는 다시 너를 만나고 싶어.

너만 허락한다면 열 번이고 스무 번이고
다시 만나 노력해보고 싶어.

우리가 잘될 때까지.

방황

문득 누군가에 대해 안다는 게
얼마나 어려운 일인가 생각해본다.

아무렇게나 열어서 볼 수 있는
마음이라면 좋을 텐데,
확인할 수 없는 게 사람의 마음이어서.

당신의 마음은 모르겠고
내 마음 또한 다 알지 못하겠다.

이대로 포기하기엔 너무 아쉽고
다가가기엔 무척 조심스럽다.

혹시라도 당신이
이런 내 마음을 알고 있다면
이쯤에서 답을 좀 알려줬으면 좋겠다.

다가갈까요?
아니면, 여기서 멈출까요?

혹시

기억이나 할까요.
내가 당신 곁에 머물렀던 순간을.

한 번쯤 생각이라도 할까요.
우리 함께했던 순간을.

당신도 후회라는 걸 할까요.

혹시 지금 나와 같은 생각을 하고 있다면
우리, 다시 만날 수는 없을까요.

지금이라면

너를 조금만 더 늦게 만났더라면 좋았겠다.

지금이라면 그날의 나보다
더 넓은 가슴으로
너를 안아줄 수 있을 것 같은데.

어쩌면 우리는 너무 일찍 만나버린 탓에
너무 아쉽게 헤어져버린 건지도 모르겠다.

그때가 아닌 지금이라면 어땠을까.

지금이라면.

외사랑의 4대 비극

나는 그 사람을 사랑한다.

그 사람은 나를 사랑하지 않는다.

그 사람이 언젠가 나를 돌아봐줄 거라 착각한다.

이 비극이 언제 끝날지 모른다.

고장 난 마음

사소한 친절에 의미를 부여하는 일.
답을 알면서도 질문을 여러 번 하는 일.
흐르는 노래의 어느 한 구간을 반복해서 듣는 일.
끝이 보이지 않는 길을 무작정 걷는 일.
상처를 웃음으로 무장시키는 일.
닫힌 문 앞을 서성이는 일.

이제 그만 멈춰야 한다는 걸 알면서도
마음이 따라주지 않는 일.

꿈

당신은 빈손으로 나에게 와주었으면 좋겠다.

그럼 나도
많은 것을 기대하지 않는 빈손으로
당신 손을 잡아줄 수 있을 텐데.

시작

어렴풋이 짐작하고 있었다.

사랑해선 안 되는 사람이라는 걸.

하지만 짐작이 확신이 된 순간에는 이미 시작되고 있었다.

안부

어둠이 짙게 내려앉은 밤이면
어김없이 내 안부를 물어봐주던 당신에게.

표현하지 못했지만
당신을 많이 좋아했어요.

가만히 서 있기만 해도 많은 것이
휘청이던 그 시절에
부지런히 나의 안부를 물어봐주던 당신이 있어서
나는, 비가 와도 눈가가 젖지 않았고
바람이 불어도 마음이 시리지 않았어요.

그래서 나는 요즘도 비가 오는 날에,
바람이 많이 부는 날에,

창밖을 물끄러미 바라보곤 해요.

울리지 않는 휴대폰의 전원 버튼을
슬며시 눌러보기도 해요.

이제는 우연히 마주치더라도
서로 안부조차 물을 수 없는
사이가 돼버리고 말았지만
그래도 이따금 당신의 소식이 궁금해,
온 세상이 잠이 든 깊은 밤이 되면 나는
그 시절의 당신이 그랬던 것처럼
창밖을 물끄러미 바라보며
당신의 안부를 조용히 물어보곤 해요.

당신, 잘 지내나요?

4

마지막 인사로
뭐가 좋을지

끝

나만 노력했고
나만 아쉬웠던 우리 관계였기에
나만 놓으면 되었던 것.

위태로운 사랑

바람이 부는 순간조차 불안했다.
당신이 흔들릴까 봐.
그러나 내색할 순 없었다.
당신이 지칠까 봐.
이렇게 위태로운 마음이었다.

당신과 나 사이의
멈추지 않는 바람 때문에
내 모든 것이 흔들리는 것 같았다.
이런 마음으로 사랑을 했다.

이별이
오기까지

아쉬움 따위 없는 것 같았다.
그저 내가 지치기만을 기다리는 사람 같았다.
나를 대하는 당신 태도가 그랬다.

어떤 날은 답이 되어 돌아오는 말보다
가시가 되어 가슴에 꽂히는 말이 더 많았다.
당신 말투가 그렇게 아팠다.

슬픈 공식

진심을 주었더니
상처가 돼서 돌아오고
마음을 주었더니
시련이 돼서 돌아오더라.

적당한 결말

그 모든 문제에 대해
적당히 이해하고
적당히 포기했을 때
이별이 오더라.

지나친 이해심

이해한다는 말은 너무도 다정한 위로이지만
때로는 큰 상처가 되기도 한다.

아마도 나는 알아버린 것 같다.

당신의 지나친 이해심이
나에 대한 무관심과 닮아 있다는 것을.

자업자득

다른 사람에게 상처 주고
냉정히 돌아설 때는 몰랐겠지.
당신도 언젠가 누군가로 인해
상처받게 될 날이 올 거라는 거.

네 마음

뭐가 문제인지 몰라서 한참을 생각했어.

아무 문제 없이도
식어버릴 수 있는 게
사람 마음인데.

어느 날 갑자기 아무 이유 없이
그럴 수도 있는 게
사람 마음인데.

빈자리

영화관이 만석이라 맨 앞줄에서 영화를 보게 됐어요.

처음에는 그래도 집중하면서 봤는데
시간이 지날수록 자리가 너무 불편한 거예요.
목도 아프고, 허리도 아프고.
영화 내용과 상관없이 실망만 하고 집으로 돌아왔어요.

생각해보면 당신을 향한 내 마음이 꼭 그랬던 것 같아요.
당신 옆자리가 나는 어쩐지 좀 불편했거든요.

당신이 좋은 사람이라는 걸 알고,
나를 많이 사랑해줄 거라는 것도 아는데.

아무리 재미있는 영화를 봐도
자리가 불편하면 집중할 수 없는 것처럼
아무리 당신이 나에게 잘해줘도
나는 그 자리가 계속 부담스럽기만 했어요.

빈자리가 있다고 그 자리가 다 내 자리는 아닐뿐더러
억지로 앉는다고 다 내 자리가 되는 것도 아닌 것 같아요.

그러니까 나는 지금
당신 옆자리는 내 자리가 아니라 말하는 거예요.

나를 사랑하는 당신에게.

똑바로 행동하세요

미안한 마음에
냉정히 밀어내지 못하는 애매한 행동이
누군가에게는
더 큰 상처가 될 수도 있으니.

친구에게

우리, 그냥 친구로 지내자.

너랑 몇 번 만나면서 호감이 생겼던 것도 사실이고
너랑 사귀면 어떨까 생각해본 적도 있어.

그런데 아무래도 우리는 안 될 것 같아.
너도 느꼈잖아, 너랑 나, 잘 안 맞는다는 거.
사귀다 보면 아마 더 심하게 어긋나게 될 거야.

그렇게 되는 것보다는 그냥 여기서 멈추는 게 나을 것 같아.
지금 당장은 힘들겠지만 시간이 지나면 괜찮을 거야.

사귀다 헤어지고도 친구로 지내는 사람이 많은데
우리는 사귀던 사이도 아니니까
금방 털어버릴 수 있을 거야.

다시 친구로 지내자, 우리.

친구에게 답장

친구가 되고 싶었으면
처음부터 친구를 하자고 하지 그랬어요.

먼저 만나자고 한 것도 당신이고
먼저 마음을 표현한 것도 당신이었는데
이제 와 우리는 안 될 것 같다니.

그래요, 나도 느꼈어요.
당신과 나는 조금 다르다는 거.

그래서 나는 그런 당신이 좋았어요.
나와 다른 당신이, 그래서 더 궁금했어요.

그런데 이제 와 이러는 법이 어디 있어요.
사람 마음을 이렇게 흔들어놓고 시간이 지나면 괜찮을 거라니.
누군가는 헤어져도 다시 친구가 될 수 있다고 하지만
우리는 아니에요.

마음이 아직 그대로인데 어떻게 친구가 돼요.

친구는 안 돼요, 우리는.

유죄

살짝 스친 마음에
너무 많이 흔들려버린 내 탓.

연락을 안 하는 이유

원래 연락을 안 하는 사람도
좋아하는 사람한테는 안 그래.

원래 무심한 성격인 사람도
좋아하는 사람이 생기면 안 그래.

바빴던 게 아니라
귀찮았던 거고
시간이 없던 게 아니라
그 마음에 내가 없던 거겠지.

'원래'라는 건 없어.

약점

네가 '좋다'고 했지
나를 무작정 기다리게 해도 '좋다'고
한 적은 없다.

감정 표현에 솔직했던 거지
나를 함부로 대해도 된다는 뜻은
아니었다는 말이야.

오해는 금물

당신은 종종 오해를 하는 것 같다.

나의 이해와 배려로 넘어갔던
대부분의 순간이
사실은 당신에 대한
체념이나 포기였다는 걸 모르고.

뛰지 않는 이유

지하철에서 내린 사람들이
황급히 계단을 오르는 모습을 봤어요.
아마도 환승을 하러 가는 거겠지요.

당신과의 약속 시간을 지키려면
나도 저 사람들을 따라 같이 뛰어야 했지만
나는 왠지 그러고 싶지 않았어요.

이번에 환승을 못 해도
어차피 10분 뒤면 다음 열차가 또 올 테니까요.

사실 당신을 만나러 가는 길에
서둘러 환승을 하러 간 적은 단 한 번도 없었어요.

버스를 타도 그만,
놓쳐도 그만.
늘 그런 마음이었거든요.

돌이켜 보면 당신과의 약속 시간에
늘 그렇게 늦었던 것도
늘 그런 마음이었기 때문인 거 같아요.

당신을 만나도 그만
안 만나도 그만인 그런 마음.

떨어진 단추

외출하려고 옷을 입다가
코트에 달린 단추 하나가
떨어져 나간 걸 알게 됐어요.

며칠 전부터 실밥이 느슨하게
풀어진 걸 봤는데
다음에 꿰매야지 하고
미루고 미루다
결국 단추가 떨어져 나가버린 거죠.

옷장에서부터 침대 밑 구석까지
온 방을 샅샅이 뒤져 봤지만
떨어진 단추를 찾을 수는 없었어요.

느슨하게라도 묶여 있던 단추가
흔적도 없이 사라져버리는 건 한순간이었죠.

그리고 그건 아마 단추만이 아닐 거예요.

당신과 나의 관계도.

경고

너를 좋아해서
실수를 해도 눈감아준 건데

그거 믿고
실수를 계속하는 거라면
더 이상 너를 좋아할 이유가 없지.

난 호구가 아니야.
내 마음을 이용하려고 하지 마.

그 남자

잘 지내라는 말은 너무 상냥한 것 같고
더 좋은 사람 만나라는 말은 왠지 하고 싶지 않아서
마지막 인사로 뭐가 좋을지 한참을 고민하다가
그냥 이렇게 말했어요.

"그동안, 고마웠어."

그 여자

살면서 들었던 말 중 가장 슬펐던 말이 뭔지 알아요?

"그동안, 고마웠어."

5

인생에서 가장
중요한 것은

진심의 한계

진심은 아무런 힘이 없어요.

내가 아무리 마음을 주고 노력을 해봐도
상대방이 마음 닫고 등 돌리면
모든 게 끝.

너무 많은 것을 기대하지 말 것

이제 조금은 알 것 같다.

실망과 상처는 그 사람 때문이 아니라
그 사람에 대한 나의 헛된 기대 때문이었다는 것을.

너무
안심하지 말것

원래 싫었던 것을
좋은 것으로 만들기는 어렵지만
좋았던 것이, 싫어지게 되는 건 한순간이야.

사람 마음도 그래.

실수했다

다른 사람에게
내 고민을 털어놓기 전에

다른 사람이
내 고민을 공감해줄 거라는
착각부터 내려놓았어야 했던 건데.

어른

다 싫다.
요즘은 정말 내 마음대로 되는 게
아무것도 없는데
그중에서도 가장 내 마음대로 안 되는 게
나 자신이야.

다 싫다.
때로는 나 자신조차.

의외의 문제

인간관계는 너무 가까워도 안 좋은 거 같다.

가까울수록 괜히 더 기대하게 되고
기대에 못 미치면 실망하게 되고
가깝다는 이유로 점점 소홀하게 되고
소홀해지면 또 서운하게 되고.

관계에도 적당한 거리 유지가 필요한 것 같다.

인간관계

99번 진심이었어도
1번의 오해로 무너져버릴 수도 있는 게

인간관계.

사회생활

어른이라는
테두리 안에 갇혀
무작정 참아내기엔
나는 너무 서툴고
내 어깨를 짓누르는
돌덩이의 무게는
너무 무겁다.

매번

전달되지 않은 진심으로
오해가 싹트고
그 잠깐의 엇갈림으로
관계가 무너지곤 한다.

오해일 뿐인데.
내 진심은 그게 아닌데.

짝사랑

'어쩌면'으로 시작되는
설부른 추측으로
기대는 커지고
아픔은 배가 된다.

그래도 아프다

힘들고 괴로울 때
시간이 지나면 깨닫게 된다.
시간이 다 해결해준다는 걸.

그러나 다시 그 순간이 오면
또다시 깨닫게 된다.
그래도 아픈 건 매한가지라는 걸.

깨진 마음

믿음이란 건
한 번 깨지면 회복하기가 힘들다.

아무 일도 없었던 것처럼
다 잊어버린 척
아무것도 변하지 않은 척해보지만
100%의 소중했던 마음에서
점점 마이너스가 될 뿐
다시 처음의 관계로 돌아갈 수는 없다.

사랑해선 안 되는 사람

하나. 지난 사랑을 잊지 못하는 사람

둘. 연락을 귀찮아하는 사람

셋. 믿음을 주지 않는 사람

넷. 모두에게 친절한 사람

다섯. 습관처럼 욕을 하는 사람

여섯. 자기 할 말만 하는 사람

일곱. 거짓말이 일상인 사람

여덟. 다른 사람과 나를 비교하는 사람

아홉. 사랑인지 아닌지 헷갈리게 하는 사람

마지막. 지금 이 글을 읽고 떠오르는 사람

사랑해야 할 사람

하나. 현재의 사랑에 충실한 사람

둘. 연락을 잘 해주는 사람

셋. 믿음을 주는 사람

넷. 나에게만 특별히 더 친절한 사람

다섯. 말을 예쁘게 하는 사람

여섯. 나의 이야기를 잘 들어주는 사람

일곱. 진실된 사람

여덟. 있는 그대로의 나를 사랑해주는 사람

아홉. 사랑에 확신을 주는 사람

마지막. 지금 이 글을 읽고 떠오르는 사람

상처 주는 말 하지 말기

"이런 말까진 정말 안 하려고 했는데…."
"내가 진짜 너 생각해서 해주는 말인데…."

라는 말을 많이 들어봤을 거다.

생각해 주는 척하면서
상처를 주는 그런 말을 나는 별로 좋아하지 않는다.

안 하려고 했다면, 하지 말아라.
진짜 그 사람을 생각한다면, 그런 말은 하지 않는 게 맞다.

굳이, 안 해도 될 말을 해서
그 사람에게 상처 줄 필요는 없다.

이런 말까진 정말 안 하려고 했는데
= 이런 말을 예전부터 꼭 해주고 싶었는데

내가 진짜 너 생각해서 해주는 말인데
= 너무 거슬려서 너한테 꼭 해주고 싶은 말이었는데

좀 솔직해져 보세요.
혹시 그런 뜻은 아니었나요?

누군가 나를 싫어할 때

싫어하는 것이 늘어나면
인생은 점점 불행해지기 마련이다.

그러니까,
누군가 나를 이유 없이 싫어하더라도
너무 속상해하지 말자.

나를 싫어하면
그 사람의 인생이 불행해지는 것이지
내 인생이 불행해지는 게 아니니까.

여자들이 원하는 것

한 사람과 5년째 연애 중인 친구에게
남자친구의 어떤 점이 좋냐고 물었더니
만날 때마다 손을 꼭 잡아주는 게 좋다고 했다.

그럼 남자친구의 어떤 점이 싫냐고 물었더니
간혹 손잡아주는 걸 잊어버릴 때라고 했다.

여자들이 원하는 건 그리 특별한 게 아니다.

따뜻하게 손잡아주는 것.
힘들 때 꼭 안아주는 것.

눈이 마주치면 웃어주는 것.
자기 전에 잘 자라고 말해주는 것.

사소한 걸 그냥 지나치지 마세요.
사소한 게 가장 중요해요.

내 마음을 챙길 것

이러다 말겠지, 곧 괜찮아지겠지 하고
외면하는 순간부터
마음은 점점 병들기 시작한다.

힘들면 힘들다고,
아프면 아프다고,
서운하면 서운하다고,
솔직하게 말하자.

당신은 그래도 된다.

나를 사랑하자

내가 외롭지 않도록.

힘들어도 주저앉지 않도록.

넘어져도 다시 일어날 수 있도록.

살아가는 동안 지치지 않도록.

어느 날의 내가 후회하지 않도록.

애쓰지 않았으면 해

이미 일어나버린 일과
일어나지 않은 일에 대한 걱정과
어쩔 수 없었던 선택과
그로 인한 결과에.

생각만으로 해결되지 않는 고민과
답이 되어 돌아오지 않는 질문과
이해할 수 없는 모든 문제에 대해.

너를 힘들게 하는
모든 어쩔 수 없는 것으로부터
네가 너무 애쓰지 않았으면 좋겠어.

인생에서 가장 중요한 것

인생에서 가장 중요한 것은 무엇일지
공책에 써본 적이 있다.

가족. 친구. 사랑하는 사람.
사랑. 우정. 믿음.
기억. 추억. 건강.
꿈. 열정. 노력. 의지.

쭉 써 내려오다가 그에 대한 답을 알게 됐다.

인생에서 가장 중요한 건
인생에서 중요하게 생각하는 것을
잃지 않으려는 노력이라는 것을.

6

쓰디쓴 오늘에,
휘핑크림

꾸준히 할 수 있는 취미 찾기

어느 날 갑자기 삶이 따분하고 무료하게 느껴졌어요.
왜 그런지 내 마음을 들여다보니
늘 똑같은 패턴으로 반복되는 삶이 지루하고 우울하고
재미가 없었던 거예요.

그럴 때는 여행을 가야 한다는 친구의 조언을 듣고
혼자 여행을 떠나보기도 했지만,
여행에서 활력을 되찾은 것도 잠시일 뿐
일상으로 돌아오면 또다시 삶에 의욕이 사라지고
무기력한 본래의 모습으로 돌아오곤 했어요.

30년 가까이 살아오면서 이런 적은 처음이었기 때문에
혼자서도 걱정을 많이 하다가,
스터디를 함께하는 지인들이 있는 단체 카톡방에
내 고민을 말해보기로 했어요.

Q. 삶이 왜 이렇게 따분하고 무료하게 느껴지는 걸까요?

많은 사람이 답을 해줬는데
그중에서도 한 사람의 답변이 눈에 띄었어요.

A. 좋아하는 일을 하지 못해서요.

보자마자 '이거다!'라는 생각이 들었어요.

그래서 그날부터 나는
매일 한 가지씩 내가 좋아하는 일을 해보기로 했어요.
인형 뽑기, 영화 보기, 맛집 찾아가기 등등.

하지만 어쩐 일인지 그런 생활이 즐겁지 않았어요.

어떤 날은 힘들게 일하고 돌아와 인형을 뽑으러 가야 했고,
또 어떤 날은 영화를 보러 가야 했고,
또 어떤 날은 맛집을 찾으러 돌아다녀야 했으니까요.

좋아하는 일을 하고 싶어서 시작했던 일들이
결국엔 나를 더 힘들게 했던 거죠.

그래서 나는, 내가 좋아하는 일인 동시에
지치지 않고 꾸준히 할 수 있는 일을
다시 찾아보기로 했어요.

내가 좋아하는 일 + 꾸준히 할 수 있는 일 = 취미

그렇게 해서 찾게 된 나의 취미가 '글쓰기'였어요.

어떤 날은 나에 대해,
어떤 날은 나를 힘들게 하는 직장 상사에 대해,
어떤 날은 헤어진 남자친구에 대해,
어떤 날은 친한 친구에 대해,

일상에서 내가 느낀 생각을 글로 옮겨 적었고
그걸 인스타그램에 올리기 시작했어요.

매일 똑같았던 내 일상이
조금씩 변하기 시작한 건 아마 그때부터일 거예요.

오늘은 또 어떤 글을 써서 올릴까 하는 생각이
내 하루를 들뜨게 했고,
따분하고 무료하기만 했던 내 삶도
점점 생기를 되찾아가고 있었어요.

지루하고 우울한 삶에
취미 한 가지를 추가했을 뿐인데 말이죠.

피할 수 없다면 즐기라는 말이 있지요.

어쩔 수 없이 매일 반복되어야 하는 일상이라면
그 속에서 꾸준히 즐기면서 할 수 있는 취미를
하나씩 찾아보는 건 어떨까요?

나 자신에게
좋은 사람 되기

한때 나는 좋은 사람이 되고 싶었어요.
하지만 좋은 사람으로 살아간다는 건
무척 힘들고 피곤한 일이었어요.

내가 알고 있는 좋은 사람이란
늘 웃어야 하고, 어떤 상황에서도 화를 내지 않고,
남들보다 더 많은 일을 하면서도 싫은 내색을 하지 않는
그런 사람이었기 때문이지요.

그래서 나는 좋은 사람이 되는 걸 포기했어요.

그런데 좋은 사람이 되려고 노력했던 때보다
좋은 사람이 되는 걸 포기한 이후 좋은 사람이라는 말을
더 많이 듣게 됐어요.

모두에게 좋은 사람이 되는 걸 포기한 대신
나는 나 자신에게 좋은 사람이 되기 위해 노력했거든요.

내 마음에 조금 더 귀를 기울이고
내가 하고 싶은 일, 내가 좋아하는 일을
더 잘하기 위해 노력했던 것.

그날 이후부터
나는 내 마음이 원하고 바라는 일만 했기 때문에
남들보다 더 많은 일을 해야 할 필요도 없었고
일하면서 싫은 내색을 해야 할 이유 또한 없었어요.
그래서 내 표정은 늘 밝았고 나는 언제나 즐거웠어요.

내가 하지 않아도 되는 일까지 억지로 하면서

이것도 저것도 제대로 하지 못하고
발만 동동 굴렀던 전과 달리,
내가 해야 할 일에 대해서만큼은
확실하게 책임을 지고 일을 끝까지 마무리지었던 것.

그것만으로 충분했어요.

내가 굳이 좋은 사람인 척하지 않아도
사람들은 나를 언제나 밝고 유쾌한 좋은 사람,
어떤 상황에서도 화를 내거나 싫은 내색을 하지 않는
좋은 사람으로 생각하고 있었어요.

나는 그냥 내가 꼭 해야 하는 일을
열심히 했을 뿐인데 말이에요.

억지로 웃지 않아도 돼요.
모두에게 친절하지 않아도 돼요.
굳이 그렇게 피곤하게 살아갈 필요는 없어요.

모두에게 좋은 사람이 아닌
당신 자신에게 먼저 좋은 사람이 되는 게
더 중요해요.

당신 자신에게 좋은 사람이 되려고 하다 보면
남들에게도 자연스레 좋은 사람이 되어 있을 테니까요.

힘들 땐,
한 번씩 쉬어가기

친구 중에, 휘핑크림을 정말 좋아하는 친구가 있어요.

그 친구는 다이어트를 해야 한다는 말을
입버릇처럼 하면서도 카페에 갈 때마다
커피 위에 항상 휘핑크림을 잔뜩 올려 먹곤 했죠.

그래서 언젠가 친구에게 이렇게 물어본 적이 있어요.
다이어트하는데 휘핑크림을 그렇게 많이 먹어도 되냐고.

그러자 친구는 커피 위에 잔뜩 올려진 휘핑크림을
세상에서 가장 행복한 표정으로 한입 베어 먹으며 답했어요.

한 번씩 이런 것도 먹어줘야지,
사람이 어떻게 매일 운동만 하냐고.

너무나도 명쾌한 답이었죠.

무엇이든 열심히 하는 것은 좋지만
자기 자신을 너무 혹사하지는 마세요.
앞만 보고 달리는 사람은 금방 지치기 마련이에요.

조급하게 생각하지 말고 힘들고 지칠 땐
잠시 쉬었다 갈 수 있는 여유가 우리에게는 필요해요.
잠시 쉬는 건 뒤처지는 일이 아니라
이후에 더 열심히 일할 수 있는 원동력이 되니까요.

주저앉고 싶을 땐 잠시 주저앉았다 다시 일어나요.
조금 늦더라도 괜찮아요.

빠르게 가는 것보다는 멈추지 않는 게 더 중요한 거니까요.

모르는 것을 부끄러워하지 않기

대학교 때, 외국인 친구와 카톡을 주고받다가
모르는 단어가 있어서 옆에 있던 후배에게
물어본 적이 있어요.

그런데 그 모습을 지켜보고 있던 친구가
후배한테 영어 물어보는 거 자존심 상하지도 않냐고 했어요.

나를 무시하는 듯한 친구의 태도에 기분이 언짢긴 했지만
후배에게 영어를 물어본 것에 전혀 자존심 상하지 않았어요.
모르는 걸 물어본 것뿐인데 대체 내가 왜 자존심이 상해야 하는 건지,
도리어 의아할 따름이었지요.

모르는 걸 모른다고 하는 게 자존심 상해할 일일까요?
그러면 모르면서 아는 척하는 건 자존심을 지키는 일일까요?

사람은 누구나 모르는 게 있을 수 있어요.

뭐든 다 잘 아는 완벽한 사람이라면 더 좋겠지만
사람이 어떻게 전부 알 수 있겠어요.

모르는 건 부끄러운 일이 아니에요.

그럴 수도 있어요.
모를 수 있어요.

우리가 진짜 자존심 상해야 할 것은
모르는 걸 모른다고 할 때의 모습이 아니라
모른다는 사실을 알면서도 알려는 노력조차 하지 않는 모습
이 아닐까요?

겪어보지 않은 일을 함부로 말하지 않기

휴학하고 친구와 함께 영화관 아르바이트를 할 때였어요.

나는 사람들에게 영화 티켓을 발권해주는 매표 담당이었고,
친구는 영화가 시작되기 전 상영관 앞에서 티켓을
확인해주는 검표 담당이었죠.

매표 담당은 티켓 발권 시 할인되는
카드나 쿠폰 등을 다 외워야 했는데
카드나 쿠폰에 따라 할인율이나 할인 적용 방식이 다 달라서
실수가 잦았고
고객들의 불만 사항이 접수되는 일도 많았어요.

그래서 나는 늘 검표 담당인 친구를 부러워하며
내가 하는 일은 너무 어렵다고만 생각했어요.

그러던 어느 날
친구가 갑자기 몸이 아파 일을 못 하게 돼서
친구 대신 검표를 담당하게 되었어요.
늘 검표를 하고 싶었기에 조금 들뜬 마음으로 일을 시작했어요.

하지만 검표 일은 그만의 고충이 있었어요.

한 상영관에서 영화가 끝나고 시작하기까지는
20분 정도의 시간이 비게 되는데
그동안 상영관 내부를 청소하고, 화장실을 점검하고,
사람들이 버리고 간 쓰레기를 모두 분리수거한 후에
상영관 앞에서 백여 명이 넘는 사람들의 티켓을
일일이 확인해주며 좌석 안내를 도와야 했지요.

새삼 그동안 힘든 내색을 전혀 하지 않고
밝고 씩씩하게 검표 일을 했던 친구가

대단하다는 생각이 들었어요.

그리고 매표 일에 비해 검표 일이 쉬울 거라
함부로 단정했던 내 자신이 한없이 부끄러웠어요.
직접 겪어보지도 않았으면서,
친구의 일이 내가 하는 일보다 더 쉬울 거라 함부로
판단했던 사실이 얼마나 경솔한 생각이었는지.

우리는 누구나 자기 자신이 제일 힘들다고 생각하기 쉬워요.

남의 손에 박힌 가시보다
내 손에 있는 작은 거스러미가 더 아프다는 말은
경험해보지 못한 무례함에서 나오는 걸지도 몰라요.

겪어봐야 알아요. 그래야 알 수 있어요.
그 사람이 얼마나 힘든지, 얼마나 아픈지.

오늘을
살아가기

한 취업 포털 사이트에서 새해를 맞아
대학생, 직장인, 취준생 등 성인남녀를 대상으로
설문조사를 실시했는데 결과가 이렇게 나왔어요.

1위 다이어트
2위 운동
3위 자기계발
4위 외국어 공부
5위 몇 권 이상 책 읽기

이 설문조사의 질문은 무엇이었을까요?

바로 '번번이 실패하면서도 다시 시작하는 단골 새해 계획'이
라는 질문이었어요.

우리는 항상 새해에 무언가를 다짐하고 계획을 세워요.
그리고 그 다짐과 계획은 항상 지켜지지 못한 채
이듬해의 다짐과 계획으로 이월되곤 하지요.

새해에 하는 다짐이나 계획은 왜 지켜지지 못하는 걸까요.
해야 할 일이 너무 많아서?
의지가 부족해서?
주변 상황이 받쳐주지 않아서?

아니에요.

우리가 세운 계획이 실패하는 가장 큰 이유는
우리에게 '내일'이 있기 때문이에요.

오늘 나의 다짐이나 계획이 조금 흐트러졌다고 해도
내일 다시 마음을 다잡으면 되니까.

우리는 오늘을 보고 사는 게 아니라
내일을 보며 살아가니까.

내일이 있다는 걸 알기 때문에
오늘의 실패가 두렵지 않은 거죠.

하지만 내일이 있다는 이유로 오늘을 헛되이 보내기엔
지금 이 순간이 너무 소중하지 않나요?

우리에겐 오늘을 온전히 오늘로써 지켜야 할 의무가 있어요.

'새해에는'이 아니라 '지금은'으로 생각해보세요.
'내일부터'가 아니라 '오늘부터'가 되어야 해요.

누구나 내일을 꿈꾸며 살아가지만
누구도 내일의 일을 확신할 수 없는 게
우리의 인생이에요.

내일 내게 어떤 변화가 생길지,
또 어떤 일이 벌어질지는 그 누구도 알 수 없어요.

그렇기에 우리는 오늘을 더 열심히, 후회 없이 살아야 해요.

다른 누구도 아닌, 우리 자신의 소중한 인생이니까요.

타인에게
선의를 베풀기

우리 엄마는 곤경에 처한 사람을 보면
그냥 지나치지 못하는 성격이에요.

무거운 짐을 들고 계단을 오르는 사람을 보면
달려가서 그 짐을 나눠 들어줘야 하고
식당에서 화장실을 찾는 듯 두리번거리는 사람이 있으면
화장실은 저쪽으로 가면 있다고 알려줘야만
직성이 풀리는 그런 사람이죠.

'누가 도움을 청하지도 않았는데
굳이 나서서 저렇게까지 할 필요가 있을까?'

선의로 한 행동이 혹시 엄마에게 해가 되어 돌아올까
나는 늘 엄마의 그런 성격이 걱정이었어요.

하지만 엄마는 나와 생각이 다른 것 같았어요.

오지랖 좀 그만 부리라고 잔소리하는 내게,
산다는 건 누군가에게 도움을 주기도,
도움을 받기도 하는 일이라고,
그동안 도움을 많이 받았으니,
이제는 좀 베풀고 살아야 하지 않겠냐고,
마치 당연한 일을 하는 것처럼 말하셨어요.

그 말을 듣고 어쩐지 나는 스스로가 좀 부끄러워졌어요.
그동안 엄마가 당연하게만 생각하고 베풀었던 모든 선의를
나는 단순 오지랖 또는 괜한 참견일 뿐이라고 생각했거든요.

곰곰이 돌이켜보면,
그동안 나도 타인의 도움을 받았던 적이 많았는데.

얼마 전 건널목에서 스타킹 올이 나갔다는 걸 알려주던 여학생,
잃어버린 카드 지갑을 찾아준 카페 아르바이트생,
길에서 넘어진 나를 일으켜 세워주던 중년의 아저씨.

그들 모두가 내가 도움을 청하지 않았음에도
기꺼이 나의 인생에 참견하여 나를 도와주었고,
나는 그 덕분에
중요한 면접날 올이 나간 스타킹을 신고 나가
면접을 망칠 뻔한 일을 막을 수 있었고,
소중한 것이 많이 들어 있는 카드 지갑을 다시 찾을 수 있었고,
불시에 넘어져 일어날 경황이 없었는데
무사히 몸을 일으킬 수 있었죠.

세상이 각박해져 요새는 선의를 베풀 때도 화를 당할까 봐
겁이 난다는 말을 주변에서 많이 하곤 하지요.
하지만 어쩌면 그건 세상이 각박해지길 바라지 않는
사람들의 푸념 같은 게 아닐까요.

각박한 세상에서도 우리는
꽤 자주 친절한 사람들을 만나곤 해요.
아무리 세상이 많이 변했다지만
그 속에서도 선의를 베푸는 사람들은 분명 있어요.

추운 겨울, 길에 쓰러진 할아버지에게
패딩을 벗어준 학생의 이야기,
출근길 버스 안에서 의식을 잃은 여학생을
한마음으로 구한 버스 기사와 승객들의 이야기,
이 모든 것이 그것을 증명하고 있어요.

그래도 아직은 살 만한 세상이라고.
우리가 사는 이곳은 선의로 가득하다고.

여유 있는 삶을 살기

나는 무엇이든 남들보다 '빨리'하고 싶었어요.

빨리 공부해서,
빨리 취업하고,
빨리 돈을 벌고,
빨리 성공하고 싶었어요.

그리고 그런 생각은 방송작가가 꿈이었던
대학시절 절정에 다다랐어요.
남들보다 뒤처지기 싫었고
누구보다 빨리 내 꿈을 이루고 싶었지요.

그래서 학기 중에 방송 관련 학원을 다녔고
학교 공부보다 학원에서 하는 공부를 더 우선시했어요.

캠퍼스의 낭만 같은 건 즐길 시간이 없었고
학과 활동에도 거의 참여하지 않았고
흔한 동아리조차 가입하질 않았어요.

그러다 졸업할 때가 돼서 주변을 돌아봤는데
내게는 친구도 없고 이렇다 할 추억도 없고
내게 남은 건 학점이 엉망인 성적표뿐이었어요.

나는 뭐가 그렇게 급했는지.
그렇게 해서 내게는 무엇이 남았는지.

시간이 지나서야 알게 됐어요.
삶을 살아가는 데 필요한 건
속도가 아니라 지금 이 순간을 즐길 줄 아는 여유라는 걸.

그래서 나는 지금이라도 조금씩 바꿔보려고 해요.

특별한 날이 아니어도 영화와 연극을 자주 보러 다니고,
힘들 땐 친구를 만나 좋은 곳에도 가고,
가끔 취미를 살려 동호회도 들어가고,
스트레스받을 땐 다 던져버리고 여행을 가고,
때때로 나를 되돌아보는 시간을 가져보기도 하며

조금 천천히 가보려고 해요.
남들보다 빨리 가는 게 중요한 게 아니라,
지금 이 순간을 즐겁게 살아가는 게 더 중요하다는 걸
이제는 아니까요.

그냥 지나쳐버리기에 너무도 아름다운 풍경들이
우리 주변에는 많아요.
우리는, 우리 인생에서 볼 수 있는 수많은 아름다운 풍경을
놓치지 않는 사람이 되었으면 좋겠어요.

당신이 조금 더 여유 있는 삶을 살아가길 바라요.
진심으로.

색안경
벗기

버스를 타고 고향집에 내려가는 길,
밖이 이상하게 어둡길래 시골이라 그런가 하고 생각했어요.
아무래도 도시보다는 시골 거리가 더 어두우니까.

그런 생각을 하던 찰나 고향집에 도착했는데
버스에서 내려 바라본 하늘은 조금의 어둠도 찾아볼 수 없는 청명한 하늘이었어요.

곰곰이 생각해보니 시골이라 어두워 보인 게 아니라
버스 창문에 선팅이 진하게 되어 있어 밖이 어두워 보였던 거죠.

이렇게,
보이진 않지만 우리의 마음속에는 색안경이 하나씩 있어요.

얼마 전 한 포털 사이트에 '현대판 미녀와 야수'라는 제목으로
어느 부부의 결혼사진이 올라온 적이 있었어요.

그리고 그 게시물에는
'못생긴 남자가 예쁜 여자랑 결혼한 걸 보면
분명 돈이 많을 것'이라는
추측성 댓글이 어마어마하게 달려 있었어요.
시간이 지날수록 사람들의 반응은 더 뜨거워졌고
남자에 대한 이유 없는 악플과 비난이 댓글 창을
가득 메웠어요.

사진 속 당사자인 부인이, 남편은 엄청난 부자는 아니지만
자신을 정말 아끼고 사랑해주는 좋은 사람이라고
글을 올렸지만
그래도 사람들의 근거 없는 추측들은 계속됐죠.

우리는 왜 이런 삐딱한 시선으로
타인에게 상처를 주는 것일까요?

선글라스를 쓴 사람에게
온 세상이 시커멓게 보일 수밖에 없는 것처럼
색안경을 쓴 사람에게는
온 세상이 삐딱하게 보일 수밖에 없어요.

사람과 사람이 만나는데 외양이 전부는 아니에요.

편견과 선입견으로 타인에게 상처를 주기 전에
우리는 우리 마음속의 색안경을
한 번이라도 더 들여다봐야 해요.

나의 색안경이 또 다른 누군가에게
상처를 주고 있진 않은지.

저 사람은 뚱뚱해서 게으를 거야.

저 사람은 너무 말라서 힘쓰는 일은 못할 것 같아.

저 사람은 어제도 늦었으니까 오늘도 또 늦겠지?

저 사람은 글을 쓰니까 성격이 예민할 거야.

저 사람은 운동을 잘하니까 공부는 못할 것 같아.

저 사람은 여자니까 축구에 대해 말해봤자 모르겠지?

저 사람은 남자여서 섬세함이 없을 것 같아.

혹시, 지금 색안경을 끼고 있진 않나요?

아빠의 사랑

우리 아빠는 무뚝뚝하고 말이 없는
전형적인 경상도 남자예요.

내 생일에 선물을 사 왔으면서도
사 왔다는 말을 안 해요.
그냥 방문을 열고 선물을 툭 던져놓을 뿐.

아빠는 그런 사람이었어요.
그렇게 무드 없고 재미없고 말이 없는 그런 사람.

그래서 나는 한 집에 있어도
아빠와는 하루에 두세 마디 정도밖에 하지 않았어요.

아빠 다녀오세요.

그래.

아빠 다녀오셨어요.

그래.

아빠 저녁 드세요.

그래.

하지만 그렇다고 내가
아빠를 싫어했던 건 아니었어요.

왜냐하면 그럼에도
아빠가 나를 사랑한다는 사실을
알고 있었거든요.

아빠는 생선을 드실 때 머리나 꼬리 부분만 드셨어요.
가족끼리 외출할 땐 항상 5분 일찍 나가셨어요.
10년 내내 같은 운동화를 신고 다니셨어요.
내가 아플 때는 늘 뒤돌아 계셨어요.
내게 아무것도 기대하지 않는다고 하셨어요.

그리고 그 이유를 나는 너무도 잘 알고 있었어요.

생선의 맛있는 몸통 부분은 나를 먹이려고
꼬리 부분을 드셨고,
차 안을 따뜻하게 데워 놓으려고 5분 먼저 나가셨고,
내가 처음 아르바이트해서 모은 돈으로 사드린 운동화여서
10년 내내 같은 운동화를 신으셨고,
눈물을 보이지 않으시려고 아픈 내게 등 돌리셨고,
당신의 기대가 내게 부담이 될까 봐
내게 아무것도 기대하지 않는다고 하셨던 거죠.

아빠는 그런 사람이었어요.
무드 없고 재미없고 말이 없는,
하지만 나를 사랑하는 마음만큼은
누구에게도 뒤지지 않는 그런 사람이었어요.

굳이 사랑한다고 말해야 사랑하는 게 아니에요.
세상에서 가장 아름다운 건
눈에 보이거나 만질 수 있는 게 아닌,
가슴으로 느껴지는 거라고 했어요.

아빠의 사랑이 내게는 그랬어요.

가끔은
멍 때리는 삶을 살기

가끔 그럴 때가 있어요.
아무것도 생각하고 싶지 않을 때.
그저 멍하게만 있고 싶을 때.

그럴 때마다 나는 나 자신을 채찍질했어요.

이러고 있을 때가 아니라고,
정신 차리고 무엇이든 하라고.

아무것도 하지 않을 때의 불안감은
불확실한 미래에 대한 초조함으로 번지고

그 초조함은 무언가를 해야 한다는
압박감으로 이어졌어요.

그래서 나는
쉼표가 필요할 때 더 열심히 일했고
브레이크가 필요한 순간에는
더욱 무언가를 하기 위해 전진했어요.

하지만 억지로 한다고 해서
안 되는 일을 되게 할 수는 없었어요.
그럴수록 나는 더 깊은 슬럼프에 시달리게 될 뿐이었죠.

그렇다면 아무것도 생각하고 싶지 않을 때는
어떻게 해야 하는 걸까요?

간단해요.

아무것도 하고 싶지 않을 때는
아무것도 하지 않으면 돼요.

미국의 신경과학자 마커스 라이클은
우리가 아무것도 안 하고 있을 때 뇌가 더 활성화되고
집중력과 창의력이 더 향상된다는 사실을 밝혀냈어요.
멍 때리는 일이 시간 낭비가 아닌
뇌를 더 활발히 움직이게 하는 데 꼭 필요한 시간이라는 것이지요.

그러니 가끔은 멍 때리는 시간을 가져도 돼요.

사람이 어떻게 매번 한결같을 수 있나요.

일이 잘 안 풀릴 땐 한 번씩 하늘도 보고,
바깥 풍경들도 보고,
아무 생각 없이 집 앞 공원도 한 번씩 걸어봐요.

머리가 너무 복잡할 땐 어떤 것도 생각하지 말아요.
쉼표가 필요한 순간이 오면 조금 쉬었다 가요.
브레이크가 필요할 땐 그 자리에 잠시 멈추었다 가요.

슬럼프에 빠진 우리에게 필요한 건 채찍이 아니라
재충전의 시간이에요.

프랑스의 철학자 르네 데카르트는 이런 명제를 남겼죠.
"나는 생각한다. 고로 나는 존재한다."

하지만 나는 이렇게 생각해요.
"나는 멍 때리는 순간에도 여전히 존재하고, 그 자체로 이미 충분하다."

포기하지 않고 꾸준히 노력하기

초등학교 5학년 때,
피아노 콩쿠르에 나가 금상을 받아온 친구에게
겉으로는 축하한다고 말하면서도
사실 속으로는 기분이 좋지 않았어요.

그 친구와 나는 3학년 때부터 같은 피아노 학원을 다녔는데,
나는 피아노를 잘 쳐서 선생님께 늘 칭찬을 받았던 반면,
그 친구는 배우는 속도가 더뎌 나보다 진도가 느렸고
선생님의 칭찬도 받지 못했거든요.

시기 어린 질투심으로 기쁜 마음보다
속상한 마음이 더 앞섰지만

사실 나는 알고 있었어요.
친구가 늘 꾸준히 피아노 연습을 하고 있었다는 걸.

피아노에 흥미를 잃어 일 년도 안 되어 학원을 그만둔 나와 달리
친구는 계속 피아노 학원을 다녔고
학원 수업이 끝나고도 십 분씩 남아서
피아노 연습을 더 하고 가곤 했어요.

나중에 친해지고 들은 얘기지만
급한 일이 있어 피아노 연습을 못 하고 가는 날에는
다음 날 두 배로 더 연습하고 갔다고 해요.

학원을 그만둔 내가
다른 친구들과 놀고 있을 때도,
집에서 만화를 보고 있을 때도,
친구는 꾸준히 피아노 연습을 했고,
그 결과 콩쿠르에서 금상을 받을 수 있었던 거죠.

지금도 나는 가끔 한계에 부딪힐 때마다
그 친구를 떠올리곤 해요.

비록 지금은 남들보다 내가 많이 뒤처진 것 같지만,
포기하지 않고 꾸준히 하다 보면 언젠가는
나보다 앞선 사람들을
따라잡을 수 있는 날이 올 거라고 다짐하면서.

토끼와 거북이 이야기에서
거북이가 토끼를 이길 수 있었던 것은
거북이가 꾸준히 정상을 향해 걸어갔기 때문이고,
김연아 선수가 피겨스케이팅으로
세계 1위가 될 수 있었던 것은
매일 6시간씩 꾸준히 연습을 했기 때문이에요.

좋아하는 일을 잘하는 것도 중요하지만
그보다 더 중요한 건
꾸준히 포기하지 않고 하는 거예요.

지금껏 이루지 못한 것이 있다면

어쩌면 너무 서둘러 포기해버린 탓이 아닐까요?

나와 다른 타인의 삶을 존중하기

얼마 전 인터넷을 하다가
공부가 하기 싫다는 수험생의 글에
공부하지 않으면 더울 땐 더운 곳에서 일하게 되고
추울 땐 추운 곳에서 일하게 된다는 댓글이
엄청난 추천수로 베스트 댓글이 된 걸 본 적이 있어요.

특정 직업을 폄하의 대상으로 삼는 게 옳을까요?

세상에는 다양한 직업이 존재하고
그에 따라 일하는 환경도 다 다르기 마련이에요.

그 일이 내가 하는 일과 다르다고 해서,
조금 더 불편해 보인다고 해서,
조금 더 힘들어 보인다고 해서,
타인의 직업을 함부로 폄하해서는 안 돼요.

더울 때 더운 곳에서 일하고
추울 때 추운 곳에서 일하는 사람들은
폄하해야 할 대상이 아니라
감사해야 할 분들이에요.

그렇게 힘든 일을 누군가가 해주기 때문에
우리가 좀 더 편한 삶을 살아갈 수 있는 것 아닐까요?

그 사람들은
나와 '다른' 일을 하는 것이지
'틀린' 일을 하는 게 아니에요.
나와 '다른' 삶을 사는 것이지
'틀린' 삶을 사는 게 아니에요.

다른 삶을 사는 이들을 차별과 무시로
대할 게 아니라 존중하는 자세로 대해야 해요.

그래야 나의 삶도 누군가에게 존중받을 수 있어요.

추억은 가슴에 남기기

얼마 전 친구와 함께 제주도 여행을 다녀온 나는
여행에서 찍은 사진들을 확인하던 중
문득 씁쓸한 생각에 휩싸였어요.

그날
구름 모양이 어땠는지,
바다 냄새가 어땠는지,
바람은 어땠는지,
햇살은 어땠는지,
내 기분은 어땠는지….

천여 장이 넘는 사진들을 보면서도
바람이 많이 불고 추웠다는 것 외에는
아무것도 기억나질 않았어요.

추억을 많이 담아 와야겠다는 생각으로
사진을 찍는 데만 급급해
주변을 제대로 돌아보지 못했던 거죠.

여행에서 남는 건 사진뿐이라고들 해요.
하지만 사진은 희미해진 기억을 재구성하는 데 도움이 될 뿐
그 자체로 온전한 기억이 될 수는 없어요.

그날 나의 기분과 나의 생각,
선선한 바람, 따사로운 햇살,
동백꽃 향기, 여행지의 기분 좋은 웅성거림.

핸드폰의 작은 카메라로는 담을 수 없는
너무도 아름다운 것이 우리 주변에는 많아요.

그 모든 소중한 순간을 사진이 아닌

가슴으로 담을 수 있는 사람이 되었으면 좋겠어요.

스스로 선택하는
삶을 살기

초등학교 5학년 때 담임 선생님이
내가 원하는 장래 희망과 부모님이 원하는 나의 장래 희망을
적어 오라는 숙제를 내준 적이 있었어요.

당시에 나는,
담임 선생님의 자상함에 흠뻑 빠져 있던 터라
선생님이 되고 싶다고 썼어요.

그러다 문득
부모님이 바라는 나의 장래는 뭘까 궁금해서
엄마 아빠는 뭐라고 적었는지 보게 됐는데
엄마도 선생님, 아빠도 선생님이라고 써놓은 거예요.

아마 내가 장래 희망이 가수라고 적었다면
우리 엄마 아빠도 가수라고 적으셨을 거예요.

지나치게 겁이 많고 조심성이 많던 나는
어렸을 때부터 중요한 일을 결정해야 할 때면
항상 부모님에게 먼저 상의하곤 했어요.

하지만 그때마다 부모님은
네 일은 네가 알아서 하라고 말씀하셨어요.

당시에는 부모님이 나에게 너무 무관심한 것 같아
서운했지만 나중에 나이가 들면서
부모님의 깊은 뜻을 알게 됐어요.

부모님은 내게 스스로 선택하고
스스로 책임지는 삶을 가르치고 싶으셨던 거예요.

그래서 나의 어린 시절에는 시련이 많았고
눈물을 흘려야 하는 순간이 많았어요.

스스로 찾아가야 하는 길은 언제나 고단한 법이니까요.

하지만 그렇게 자라왔기 때문에
나는 더 단단해질 수 있었고
두 가지 갈림길에 섰을 때 어떤 길이 옳은 길인지
가늠할 수 있는 안목을 기를 수 있게 됐어요.

겁이 많고 조심성이 많던 나는
여전히 겁이 많고 조심성이 많지만
무언가를 선택하거나 결정해야 하는 일에는
이제 두려움이 없어요.

나는 늘, 항상, 언제나
내 인생을 위해
최선을 다해 선택해 왔으니까.

이 말을 꼭 기억하세요.

내 인생에 선택이 필요할 때
선택해야 하는 사람은 나 자신이어야 한다는 것.

그 결과가 어떻든 나는 최선을 다했다는 것.

지금에 만족하기

직장 생활을 하며 친해지게 된 동생은
월요일에 항상 로또를 구입한다고 했어요.

월요일 아침에 로또를 사면
1등에 당첨될지도 모른다는 행복한 상상으로
한 주를 보낼 수 있다는 이유에서였어요.

그럴 수도 있겠다고 고개를 끄덕거리면서도
한편으로는 이런 생각이 들었어요.

불확실한 것에 희망을 품고 기대하는 것이
과연 진짜 나를 행복하게 하는 일일까?

로또 1등에 당첨될 확률은
8,145,060분의 1로
쌀 한 가마니에 든 흰쌀 중에서
검은색 쌀 한 톨을 뽑아내는 것과
비슷한 확률이라고 해요.

이 불확실한 확률에 행복을 맡기고
우리는 진정 행복해질 수 있을까요?

행복은 희망 사항이 아니라 선택이에요.

지금 당장 행복하자고 마음먹는다면
얼마든지 행복해질 수 있어요.

돈이나 명예, 권력이 없어도
마음을 나눌 수 있는 친구 세 명만 있어도
성공한 인생이라고 하잖아요.
행복도 그런 게 아닐까요?

로또에 당첨되어 사고 싶은 것을 모두 사고,
하고 싶은 모든 것을 해야만 하는 것이 아닌,
일상이 주는 소소한 것에서
즐거움을 찾고 만족하는 마음 말이에요.

아침을 따뜻한 커피 한 잔과 함께 시작할 수 있다는 것,
클릭 한 번으로 온 세상을 만날 수 있는 세상에
살아가고 있다는 것,
힘들 때 의지할 누군가가 있다는 것….

너무 익숙하고 당연해서 늘 잊고 지내지만
진정한 행복이란 이런 소소한 깨우침에서
시작되는 것이 아닐까요?

수백만 분의 일의 확률을 뚫어야 하는 우연한 행운이 아닌
실현 가능한 행복에 한 걸음 더 다가가 보는 건 어떨까요.

우리에게 정말 필요한 건
로또 1등 당첨이 아니라

현재의 삶에 만족하고 그 속에서 찾는
소소한 행복에 감사할 줄 아는 마음이 아닐까요.

나는 당신이,
보이지 않는 행복을 갖기 위해 너무 먼 곳만을
바라보진 않았으면 좋겠어요.

당신이 모르고 있는 것뿐
행복은 늘 당신의 가장 가까운 곳에 있으니까.

어떻게 하면 행복해질지 생각하기 전에
어쩌면 이렇게 행복한지 먼저 생각해보세요.

Epilogue

마지막이라는 건

항상 가슴에

무언가를 남기는 것 같다.

이 책의 마지막에도

오래도록 당신이 남기를….

쓰디쓴
오늘에,
휘핑크림

초판 1쇄 인쇄 2021년 4월 1일
초판 1쇄 발행 2021년 4월 5일
지은이 김토끼

펴낸이 남기성
책임 편집 하진수
디자인 그별

펴낸곳 주식회사 자화상
인쇄,제작 데이타링크
출판사등록 신고번호 제 2016-000312호
주소 서울특별시 마포구 월드컵북로 400 서울산업진흥원 201호
대표전화 (070) 7555-9653
이메일 sung0278@naver.com
ISBN 979-11-91200-25-6 03810